AF130742

Patrick Salmen, 1985 in Wuppertal geboren, lebt mit seiner Familie im Ruhrgebiet. Nach dem Geschichts- und Germanistikstudium gewann er 2010 die deutschsprachigen Poetry-Slam-Meisterschaften und wirkt seitdem als Schriftsteller, Sprecher und Bühnenkünstler. Neben klassischen Bühnentexten hat er zahlreiche Lyrik- und satirische Kurzgeschichtenbände geschrieben. „Der gelbe Kranich" ist sein erstes Kinderbuch.

Simon Höfer ist Illustrator und Animator, vor allem von Musikvideos. Er mag den Klang der Wortkombination „Messing, Bast und Schellack" und grüßt seine Oma lieb.

© by Verlag Voland & Quist GmbH, Berlin und Dresden 2021
Korrektorat: Helge Pfannenschmidt
Umschlaggestaltung und Illustration: Simon Höfer
Satz: Fred Uhde
Druck und Bindung: Balto print, Vilnius

ISBN 978-3-86391-303-8

www.voland-quist.de

VOLAND & QUIST

Patrick Salmen

DER GELBE KRANICH

Mit Illustrationen von
Simon Höfer

EINE FABELHAFTE NOVELLE

Für Henri und Janosch

INHALTSVERZEICHNIS

Für Henri und Janosch

INHALTSVERZEICHNIS

EIN SELTSAMER FUND

Als Herr Faber an einem warmen Hochsommermorgen seinen Vorgarten betrat, da traute er seinen Augen nicht. Eigentlich wollte er doch nur den Rasen mähen und seine Blumen gießen, aber in dem Moment, als er erblickte, was dort unmittelbar vor seinen Füßen stand, da fiel er vor Erstaunen fast um. Ungläubig und verwirrt rieb er sich mit den Fingerkuppen die Augen. Das war doch unmöglich! Bis tief in die Wolken erstreckte sich ein riesiger Kran.

Etwa hundert Meter weiter gen Osten pendelte in schwindelerregender Höhe ein stählerner Haken im Wind. Vermutlich ist dies der größte Kran, den ein Mensch je erblickt hat, dachte Herr Faber. Und das ausgerechnet in seinem bescheidenen Garten. Zeit seines Lebens hatte Herr Faber schon so manch einen Kran gesehen, aber dieser hier, das war kein gewöhnlicher, wie man ihn auf Baustellen oder an Güterhäfen finden kann – dieser Kran war vielmehr so groß, dass man seine Turmspitze nicht mal erahnen konnte, weil sich bereits das Eisengestänge der Leiter in den dichten Wolken verlor. Herr Faber sah in den Himmel. Ein Ende des Stahlriesen konnte er lediglich erahnen. Da stand er nun. Einfach so. Ein gelber Kran! Mitten in seinem Garten. Und als wäre das für Herrn Faber nicht schon genug der Aufregung gewesen, war sein gesamtes Beet mitsamt den zahlreichen Kräutern und bunten Gemüsepflanzen vollkommen hinüber.

Herr Faber hieß übrigens schon immer nur Herr Faber. Man erzählte sich im Dorf, dass seine Eltern ihm damals aus unerklärlichen Gründen keinen Vornamen gegeben hätten. Vielleicht weil sie Angst hatten, er könnte deswegen gehänselt werden. Andere wiederum behaupteten, „Herr" wäre sein richtiger Vorname. Eine Kurzform von Herbert. Aber man sollte nicht immer darauf hören, was die Menschen sich so erzählen.

Herr Faber ist 75 Jahre alt. Seit seiner Pensionierung und der aufkommenden Langeweile war der alleinstehende Rentner eigentlich um jeden Besuch und jede Ablenkung äußerst dankbar, denn irgendwie muss man die Tage schließlich rumbekommen. Aber auf diese merkwürdige Situation war er wahrlich nicht vorbereitet. Zwischendurch kam es mal vor, dass ein Ball in seinem Garten lag, oder dass der Postbote versehentlich ein Paket für seinen Nachbarn Kubilay Kugelkopf bei ihm abstellte. Dann wusste er sich zu helfen. Aber ein Kran? Damit war er ein wenig überfordert.

Noch immer vollkommen fassungslos, kratze er sich am Kopf. Weit und breit war weder eine Baustelle, noch ein Arbeiter, geschweige denn ein Hinweisschild auffindbar. Keine Spur, nichts.

Neugierig und abenteuerlustig wie Herr Faber allerdings war, beschloss er, dem Ganzen nachzugehen und das Geheimnis zu lüften. Noch am selben Tag wollte er seinen Spazierstock suchen und sich auf den Weg machen. Das wäre doch gelacht, wenn er den Besitzer oder die Besitzerin dieses Ungetüms nicht ausfindig machen könnte!

Jetzt allerdings war es erst mal Zeit für ein Nickerchen. Herr Faber sah auf die Zeiger seiner Armbanduhr. Es war genau zwölf Uhr. Bereits seit zwei Stunden war er auf den Beinen und langsam überkam ihn die Müdigkeit. Seine täglichen Ruhezeiten waren ihm heilig. Kein Ereignis der Welt konnte sein Mittagsschläfchen vergessen machen, so groß die Neugier auch war. Da hatte er seine Gewohnheiten.

Und wie er darüber nachdachte, da lag er auch schon auf dem Sofa und schnarchte.

Eine Stunde später war es so weit. Mit Gehstock und Wanderstiefeln stand Herr Faber vor der Eingangstüre seines Hauses. Müde sah er aus, das Gesicht zerknittert und die Haare vom Schlaf noch ganz strubbelig. „Mein Zottelzaus" hatte seine Frau ihn damals genannt, als sie noch bei ihm war. Denn so kurz er auch schlief, und waren es nur wenige Minuten, stets sah er danach aus, als hätte er wilde Kämpfe geführt oder sich heimlich in Winde und Stürme begeben.

Und wie Herr Faber nun dastand und sich schlaftrunken mit der Hand über den Kopf fuhr, da merkte er, dass er noch was vergessen hatte, denn wann immer er das Haus verließ, und sei es nur für einen kurzen Spaziergang zur Bäckerei oder zur Bushaltestelle – sein Hut durfte dabei nicht fehlen!

Als er das Tor vom Gartenzaun schließlich hinter sich zuzog, blickte er noch einmal auf den Kran zurück. Ungläubig schüttelte er den Kopf und seufzte auf, musste aber gleichzeitig ein wenig schmunzeln.

Dann war es endlich so weit. Herr Faber setzte den schweren Rucksack auf, atmete tief ein und machte sich auf den Weg, um herauszufinden, wem diese seltsame Apparatur gehört. Freundlich winkte er seinem Nachbarn Kubilay Kugelkopf zu, der wie so oft am offenen Fenster saß, teilnahmslos

nach draußen starrte und ein wenig traurig drein-
blickte.

Kubilay Kugelkopf nickte stumm.

SCHUSTER OHNE SCHUHE

Es war ein unwahrscheinlich heißer Nachmittag im August. Auf den Straßen tummelten sich die Kinder, spielten Fangen oder zeichneten mit Pastellkreide Bilder auf den Asphalt. Auf den Wiesen der Vorgärten suhlten sich die Eltern auf Liegestühlen. Manche spielten Karten oder lasen Bücher. Manche lagen einfach nur mit geschlossenen Augen in der Sonne und wendeten sich von einer Seite auf die andere. Wie Grillhähnchen sahen sie aus.

Bereits nach wenigen Schritten tropften die ersten Schweißperlen von Herrn Fabers Nasenspitze herab.

Und wie Herr Faber nun gemächlich Richtung Ortskern schlenderte, da traf er auch schon auf einen jungen Mann: der Schuster Albert Albrecht! Vor einiger Zeit hatte Herr Faber seine geliebten Wildlederschuhe bei ihm in Reparatur gegeben. Nun baute er sich entschlossen vor Herrn Albrecht auf.

„Wie schön, Sie zu treffen! Sagen Sie, ich hätte da eine etwas ungewöhnliche Frage. Haben Sie womöglich in letzter Zeit einen Kran verloren?"

„Einen Kran? Sie sind mir ein Scherzkeks. Nein, ich fürchte nicht." Der Schuster Albrecht schien ein wenig irritiert zu sein. Dann ergänzte er: „Aber meinen Schuh habe ich verloren. Sehen Sie?"

Er zeigte auf seinen rechten Strumpf.

„Ihren Schuh? Das tut mir leid. Und Sie sind sicher, dass Sie keinen Kran vermissen?" Herr Faber gab nicht auf.

„Da bin ich mir sehr sicher", antwortete der Schuster.

„Sagen Sie, wenn Sie doch nur einen Schuh haben, warum besorgen Sie sich denn dann keinen neuen?"

„Wissen Sie", sprach Herr Albrecht, „ich habe mich dran gewöhnt. Es ist eigentlich ganz schön, den Untergrund an der nackten Fußsohle zu spüren. Das feuchte Gras, der raschelnde Kies in den Auffahrten, warmer Asphalt. Ich kann wirklich sagen, dass es ein recht angenehmes Gefühl ist."

„Und was machen Sie im Winter?", hakte Herr Faber nach. „Sie erkälten sich doch. Haben Sie denn gar keine Schmerzen auf den steinigen Schotterwegen?"

„Doch, hin und wieder schon", antwortete Herr Albrecht. „Deswegen bin ich ehrlich gesagt auch recht froh, dass mich endlich jemand nach dem fehlenden Schuh fragt. Schon seit vielen Monaten laufe ich so herum und der fehlende Schuh ist doch tatsächlich noch niemandem aufgefallen! Wissen Sie, der Asphalt ist brennend heiß und wenn ich nicht sehr, sehr schnell gehe, muss ich jede Sekunde das Standbein wechseln. Linkes Bein, rechtes Bein, linkes Bein, rechtes Bein. Und immer so weiter."

„Das ist schon merkwürdig", sagte Herr Faber. „Ein Schuster ohne Schuh."

„Na ja, glauben Sie denn, ein Bäcker isst den ganzen Tag nur Brot, weil er in einer Backstube arbeitet?"

„Vermutlich nicht ...", antwortete Herr Faber. „Aber Sie könnten sich doch trotzdem ein neues Paar Schuhe kaufen."

Schuster Albrecht schien über die Frage sehr erstaunt zu sein. „Ich bitte Sie! Das verstößt gegen meine Schusterehre. Man kann doch alles reparieren. Und das Geld ist knapp."

„Aber wie wollen Sie etwas reparieren, was Sie verloren haben?"

„Er wird schon irgendwann auftauchen." Albert Albrecht sah auf die Uhr. „Es tut mir leid. Langsam muss ich los. Die Mittagspause ist vorbei. Mein Geschäft öffnet gleich und außer mir hat niemand den Schlüssel. Wenn Sie die Augen aufhalten und ein wenig nach dem Schuh Ausschau halten könnten, wäre ich Ihnen äußerst dankbar."

Und wie er das aussprach, da verabschiedete sich der Schuster auch schon und hüpfte auf einem Bein davon. Wahrlich ein seltsamer Kauz, dachte Herr Faber und sah ihm nach, bis Herr Albrecht schließlich hinter einer Häuserzeile verschwand. Wie soll er denn ausgerechnet einen Schuh finden, wenn er doch einen Kranbesitzer sucht? Verwundert kratzte er sich den Kopf.

DAS SELTSAME DAHINSCHMELZEN DER ZUSA ZUCKERGUSS

Nach einem Moment des Durchschnaufens marschierte Herr Faber weiter. Es galt, keine Zeit zu verlieren und herauszufinden, wem dieses riesige Ungetüm gehört, das dort urplötzlich in seinem Vorgarten stand. Er putzte sich die Nase, zog seinen Hut leicht in die Stirn, um sich vor der strahlenden Sonne zu schützen, und machte sich auf den Weg Richtung Dorfplatz. Es war ein wunderschöner Tag. Die Fenster der Häuser standen offen, Blumen blühten in den prächtigsten Farben, die Hunde und Gartenzwerge dösten faul in der Sonne und überall roch es nach frisch gemähtem Gras. Herr Faber liebte diesen Duft, erinnerte er ihn doch an die Tage seiner Kindheit, als sein Vater ihn immer mit der Schubkarre durch den Garten geschoben hat.

Womöglich wird Herr Faber das Bild einer Schubkarre auch in vielen Jahren noch immer mit seinem Vater in Verbindung bringen. Eigentlich hatte er seinen Vater fast nie ohne den rostigen Karren gesehen. Als wäre die Schubkarre fest mit seinen Armen verwachsen. Ein Wunder, dass er sie nie in der Wohnung spazieren fuhr. Bis heute hat Herr Faber eine alte Fotografie davon direkt neben dem Porträt seiner geliebten Enkelin Marie über dem Esstisch hängen. Als Marie noch ein kleines Kind war, hat Herr Faber sie ebenfalls mit der Schubkarre durch die Gegend gefahren.

Die Leute schauten dann immer ein wenig irritiert und tuschelten. Vielleicht dachten sie, dass Herr Faber zu geizig sei, um einen Kinderwagen zu kaufen. Aber Marie liebte es, in der riesigen Blechwanne herumzurutschen. Und das war die Hauptsache! Wenn ihre Kleidung danach voller Blumenerde war, dann tanzte sie wild umher und schüttelte den Dreck von sich ab. Besser ein Mädchen in einer Schubkarre als Rindenmulch in einem Kinderwagen, dachte Herr Faber. Klingt wie ein berühmtes Sprichwort.

Während er in Erinnerungen schwelgte, vergaß er doch beinah, dass er auf einer wichtigen Mission war. Hätte er einen Kompass dabei gehabt, wäre er ein richtiger Abenteurer gewesen. Aber den brauchte er nicht, schließlich kannte er die Gegend wie seine Westentasche. Nach kurzer Zeit, er war nun schon ein gutes Stück gegangen, traf er auf einen weiteren Menschen. Die Siedlung war recht überschaubar, ungefähr dreißig Häuser erstreckten sich über die zwei Straßenläufe und die meisten Bewohner kannten sich untereinander. Aber diese Dame hatte er noch nie gesehen. Ein junge, sehr schmale Frau mit freundlichem Gesicht und einer Konditormütze auf dem Kopf. Ob das wohl die Eigentümerin des Krans war? Vorsichtig tippte er ihr von hinten auf die Schulter.

„Ich möchte nicht stören, aber haben Sie womöglich einen Kran verloren?" Je öfter er den Menschen diese Frage stellte, umso seltsamer erschien sie ihm. „Wie kommen Sie denn darauf?" Verwundert sah sie in Herrn Fabers Gesicht, das man unter dem viel zu großen Hut kaum erkennen konnte. „Ich fürchte, dass ich Ihnen da nicht weiterhelfen kann. Ich wohne erst seit wenigen Tagen hier. Zusa Zuckerguss ist mein Name."

„Faber. Angenehm! Herzlich willkommen in unserem kleinen Dorf. Ich hoffe, es gefällt Ihnen? Leider kommen nur noch wenige junge Leute hierher."

Doch ehe Zusa Zuckerguss antworten konnte, berichtete Herr Faber auch schon aufgeregt von den Ereignissen in seinem Vorgarten und der Tatsache, dass dort über Nacht ein riesiger geheimnisvoller Kran aufgetaucht sei. „Mein ganzes Beet! Kohlrabi, Steckrüben, Blumenkohl, Feldsalat ... alles hinüber! Die ganze Arbeit umsonst."

„Das ist wirklich alles sehr merkwürdig", sagte die Frau. „So ein Kran taucht doch nicht einfach aus dem Nichts auf. Den muss doch jemand hergebracht und aufgebaut haben. Ich war es jedenfalls nicht. Das wüsste ich." Sie kicherte ein wenig.

„Und Sie sind wirklich sicher?"

„Ja, das bin ich. Ich habe keinen Kran verloren. Meine Schirme allerdings, die habe ich allesamt verlegt.

Jeden Tag vergesse ich irgendwo einen Regenschirm. Es ist zum Mäusemelken. Früher hatte ich eine schier riesige Sammlung. Tragisch ist das. Sehr tragisch."

Und während sie das aussprach, begann ihre Stimme immer mehr zu zittern.

„Nun, so tragisch ist das auch wieder nicht. Da gibt es weitaus Schlimmeres als ein paar verlorene Regenschirme", versuchte Herr Faber sie zu beruhigen.

„Ach, wenn Sie wüssten!"

„Aber es ist doch nur ein Regenschirm! Dann wird man halt ein bisschen nass."

„Sie haben doch keine Ahnung. Wissen Sie, es mag absurd klingen, aber ich bin aus Zucker. Ein sehr seltenes Phänomen. Und niemand glaubt mir. *Du bist doch nicht aus Zucker!* Das sagen die Menschen immer so daher, wenn es draußen leicht nieselt. Diese Ahnungslosen."

„Das tut mir leid." Herr Faber nahm den Hut ab und kratze sich am Kopf. „Ich versichere Ihnen, dass ich Ihnen glaube. Und ich hoffe, dass Sie noch ein paar Schirme übrighaben."

Zusa Zuckerguss schwieg.

„Und Sie haben wirklich keinen Kran verloren?", fragte Herr Faber erneut.

„Ich muss doch sehr bitten, mein Lieber. Man verliert doch keinen Kran. Sie stellen wirklich komische Fragen."

„Wissen Sie, ich konnte es selber kaum glauben. Dieser Kran stand eines Morgens in meinem Vorgarten. Einfach so. Er ist unfassbar hoch."

Herr Faber zeigte mit der rechten Hand in die Wolken. „Sehen Sie den großen Haken nicht?"

„Ich kann nicht nach oben schauen. Falls es zu regnen beginnen sollte, würde mein Gesicht schmelzen. Und das brauche ich doch. Jedenfalls fällt es mir wirklich schwer, Ihnen diese Geschichte zu glauben. So leid es mir tut! Wissen Sie, da verrate ich Ihnen mein Zuckergeheimnis, obwohl wir uns kaum kennen, und Sie Schelm flunkern mich einfach an."

„Ich flunkere doch nicht ..."

„Wie dem auch sei. Trotz allem wünsche ich Ihnen viel Glück auf der Suche. Sofern es diesen geheimnisvollen Kran denn wirklich gibt, werden Sie den Besitzer schon ausfindig machen."

Und wie sie die Worte aussprach, da zog Zusa Zuckerguss auch schon von dannen. Alles sehr seltsam, dachte Herr Faber. Soll sie doch zerschmelzen!

So eine Unverschämtheit. Als einen Lügner wollte er sich wahrlich nicht bezeichnen lassen.

Wahrscheinlich hätte er sich noch wesentlich länger geärgert, wenn ihn nicht langsam die Müdigkeit heimgesucht hätte.

„Zeit für ein Nickerchen", murmelte er, setzte sich auf die Bank an der kleinen Bushaltestelle und beschloss, für einen kurzen Augenblick zu schlummern. Und weil er nun ja ein gutes Stückchen gegangen war, fiel der Mittagsschlaf wesentlich länger aus als gewohnt. Wach wurde er erst, als plötzlich ein Bus vor ihm stand und der Fahrer ihn durch die offene Türe fragte, ob er denn nicht mitwolle.

„Nein, Danke! Ich mache hier auf der Bank nur eine kurze Pause."

Da wurde der Fahrer plötzlich sehr sauer und brüllte, dass er nur für ihn angehalten habe, schließlich sei das hier eine Bushaltestelle. Was ihm denn einfiele, sich einfach nur so hier hinzusetzen ..."

Und wie auch Herr Faber nun etwas zornig wurde und bereits überlegte, eine Brandrede darüber zu halten, warum es zwar eine Bushaltestelle, aber keine Menschenhaltestelle gebe, da überkam ihn erneut der Schlaf und er sagte kein Wort mehr. Schließlich schüttelte der Busfahrer genervt den Kopf, schloss die Türe

und fuhr langsam davon. Das ist das Schöne am Schlaf,
er besänftigt und schlichtet.

VOM VERSCHWINDEN UND VERMISSEN

Die vermeintlich einfache Mission, den Eigentümer des riesigen Krans im Dorf ausfindig zu machen, schien wesentlich komplizierter als angenommen. Als er die Bushaltestelle verließ, war weit und breit niemand mehr in Sicht und so langsam schwand Herrn Fabers Hoffnung. Aber so schnell wollte er nicht aufgeben. Das hat er in seinem Leben noch nie getan und das sollte sich auch jetzt nicht ändern. Ein paar Schritte, so dachte er sich, würde er noch gehen können, auch wenn es bald dunkel wird. Und wie er sich umsah und überlegte, in welche Richtung er nun weitermarschieren könne, sah er im Vorgarten einer Doppelhaushälfte eine junge Dame sitzen. Die Sonne brannte noch immer und Herr Faber sinnierte darüber, warum die Menschen zwar von Doppelhaushälften, nicht aber von halben Hausverdoppelungen sprechen. Und wenn es Doppelhaushälften gibt, gibt es dann auch Dutzendhauszwölftel? Fragen über Fragen, doch so langsam verlor er den Faden. Er ging ein Stück hinüber und lehnte sich vorsichtig an den Gartenzaun. Da war er wieder: Der Duft von frisch gemähtem Gras.

„Entschuldigen Sie die Störung. Aber sagen Sie ...“ Herr Faber blickte die junge Frau erwartungsvoll an, als sie plötzlich aus einem Tagtraum erwachte.

„Was erlauben Sie sich? Sehen Sie nicht, dass ich schlafe?“

„Verzeihung, das habe ich nicht gesehen. Ich wollte Sie auch gar nicht lange aufhalten. Aber vermissen Sie zufällig einen Kran?“

„Das nenne ich mal ein besonderes Anliegen. Nein, ich vermisse keinen Kran! Wenn Sie jetzt gefragt hätten, ob ich einen Kran *verloren* habe ...“

„Was wäre dann?“

„Dann wäre die Frage nicht ganz so seltsam gewesen. *Vermissen* ist doch in der Tat ein sehr emotionaler Vorgang. Und ein Kran ist ... nun ja, ein Kran. Den vermisst man nicht. Den verliert man höchstens. Mal abgesehen davon, dass ein Kran viel zu groß ist, um ihn zu verlieren. Wie soll das bitteschön gehen?“

„Also haben Sie keinen Kran verloren?“

„Sind Sie etwa schwer von Begriff? Natürlich nicht. Und seien Sie in Zukunft gefälligst vorsichtiger, wenn Sie mit Wörtern wie *vermissen* nur so um sich schmei-

34

ßen. Als ob jemand einen Kran vermissen könnte! Vermissen kann man bloß vergangene Zeiten und vertraute Menschen. Meinen geliebten Mann, den alten Dickkopf, *den* vermisse ich vielleicht."

„Wo ist er denn hin?"

„Das ist zwar eine sehr persönliche Frage, aber ich will es Ihnen sagen: Er hat mich sitzen gelassen. Einen Giftzwerg nannte er mich. Dann hat er die Koffer gepackt und ist fortgegangen. Hat völlig vergessen, was im Leben wichtig ist, dieser Schussel!"

„Das tut mir leid. Aber sagen Sie, haben Sie denn vielleicht eine Idee, wem hier im Dorf ein Kran gehören könnte?"

„Sind Sie jetzt von allen guten Geistern verlassen? Erst tauchen Sie hier einfach mitten während meines Mittagsschläfchens auf, dann schütte ich Ihnen mein Herz aus – und jetzt fangen Sie wieder mit diesem vermaledeiten Kram an?"

„Vermalt? Gedeiht?"

„Vermaledeit! Verflucht! Verflixt! Ihr Kran interessiert mich nicht! Und nun verschwinden Sie."

„Ich wollte Sie nicht verärgern. Manchmal bin ich wirklich ein schlechter Zuhörer. Es ist nur ... Ich kann nicht aufhören, an diesen Kran zu denken."

„VERSCHWINDEN SIE!!!"

Während seines Heimwegs dachte Herr Faber darüber nach, ob *vermissen* nicht tatsächlich die falsche Bezeichnung für sein Anliegen war. Schließlich vermisst der Mensch nicht zwangsläufig alles, was er so verliert. Was er nämlich gar nicht in Betracht zog: dass jemand den Kran ganz absichtlich in seinem Garten abgestellt hatte! So wie manche Menschen ihren Metallschrott, defekte Elektrogeräte oder alte Winterreifen heimlich auf Autobahnparkplätzen oder in Wäldern entsorgen. Herr Faber hat nie einen Gedanken daran verschwendet, dass ihm jemand etwas Böses wollte, schließlich hat er selbst keiner Fliege jemals etwas zuleide getan und sich meist wesentlich mehr um andere als um sich selbst gekümmert. Für ihn war das ganz selbstverständlich. Und da musst er wieder an seine geliebte Enkelin denken.

Ihre Eltern waren manchmal ein wenig überfordert, also verbrachte Marie die langen Wochenenden und Sommerferien bei ihm. Ihrem Opa konnte sie alles anvertrauten, was ihr auf dem Herzen lag, egal, was es war. Herr Faber hatte zwar nicht immer einen weisen Rat, war aber zumindest für sie ein guter Zuhörer. Wirklich nichts auf der Welt machte ihn glücklicher, als mit seiner Enkelin Zeit zu verbringen, Milchreis zu kochen, herumzualbern und einfach nur für sie da zu sein.

Und wie er so über den Bürgersteig trottete, da hörte er eine blecherne Melodie, die immer lauter wurde. Ein dumpfes Geräusch, das ihm irgendwie sehr vertraut vorkam. Es war Bertha, die Schrottwagenfahrerin. Oder wie er sie nannte: Bertha Blechbüchse. Herr Faber grinste bis über beide Ohren, als Bertha direkt neben ihm anhielt.

„Herr Faber! Was machst du denn hier? Und das zu der Uhrzeit?"

Es war inzwischen fast dunkel geworden und Bertha Blechbüchse schien sichtlich überrascht, ihn zu solch später Stunde durch die Gegend spazieren zu sehen.

„Ach, das ist eine lange Geschichte. Kannst du mich vielleicht ..."

„Na klar. Steig ein! Ich mache jetzt Feierabend. Komm, ich fahr dich nach Hause. Du sieht wahnsinnig müde und erschöpft aus."

Und schon saß Herr Faber auf dem Beifahrersitz des Schrottwagens, doch obwohl er sich so sehr freute, Bertha zu sehen, und er ihr eigentlich so viel von seinem Tag berichten wollte, fiel er nach wenigen Sekunden in einen seligen Schlummer.

DIE INVENTUR DER VERLORENEN DINGE

Als er am nächsten Morgen erwachte, konnte Herr Faber sich nicht ansatzweise erinnern, wie er von Berthas Schrottwagen in sein heimisches Bett gelangt sein könnte. Alles sehr merkwürdig, dachte er. Dann gähnte er kurz auf, mühte sich auf die Beine und entschied, seine gestrige Mission umgehend fortzuführen. Es galt, hier nicht unnötig Zeit zu verlieren. Er ging ins Bad, putze sich die Zähne, wusch sich das Gesicht, griff noch schnell zum Rasierer, eilte schnurstracks in die Küche, trank seinen morgendlichen Kaffee und schon nach wenigen Minuten stand er vor seiner Haustüre.

Und da war er wieder: der Kran. Wie ein riesiger Langhalsdinosaurier ragte er zum Himmel empor. Das konnte doch wirklich nur ein schlechter Traum sein. Niemand stellt doch ohne einen offenkundigen Grund einen Kran in fremder Leute Vorgärten. Herr Faber kniff sich in die Wange, um sich zu vergewissern, dass er nicht schlafwandelte. Aber nichts passierte. Der Kran war echt. Kein Traum. Die Suche ging also weiter.

Die Stunden und Tage verstrichen, fleißig und neugierig befragte Herr Faber alle Passanten und Passantinnen, die ihm über den Weg liefen. Aber zu einem brauchbaren Ergebnis kam er leider nicht. Jeden Tag verließ er das Haus und zog los. Jeden Tag standen die Menschen ihm Rede und Antwort. Jeden Tag wollte niemand je von einem Kran gehört haben. Und jeden Tag notierte Herr Faber, was die Menschen anstatt eines Krans so alles verloren haben. Bestimmt zehn Seiten waren es nun schon, damit hatte er wahrlich nicht gerechnet. So viele verlorene Dinge! Nachdem er irgendwann wirklich alle Bewohnerinnen und Bewohner seines Heimatdorfes befragt hatte, suchte er die benachbarten Dörfer und Städte auf und fragte auch dort alle Menschen, ob sie wohl zufällig einen Kran verloren hatten. Sogar die Zeitungen und Radiosender berichteten inzwischen über sein spannendes Abenteuer. In der Gegend passierte selten etwas sehr Aufregendes. Hin und wieder wurde ein Haus gebaut und eine neue Bürgermeisterin gewählt. Es wurden Straßenschäden repariert und Schützenkönige gekürt. Herrn Fabers Suche nach einem unbekannten Kranbesitzer war im Vergleich dazu ein richtiges Abenteuer, ein spektakuläres Ereignis. Langsam, aber sicher sprach es sich also herum, warum der freundliche Rentner durch die Dörfer zog. Und immer mehr

Menschen begannen, ihm auf der Suche zu helfen, auch wenn sie ihn am Anfang manchmal nicht ganz ernst nehmen wollten.

Bertha Blechbüchse begleitete ihn mittlerweile jeden Tag auf seiner Reise, da Herr Faber nicht mehr gut zu Fuß war und sie mit dem kleinen Lieferwagen die verlorenen Dinge aufsammeln könnten, falls sie einen der Gegenstände finden sollten. Mit dem kleinen Schrottmobil fuhren sie durch die Landschaft und hätten auf ihrer Reise nur allzu gerne der vertrauten blechernen Schlagermelodie gelauscht – wären doch nicht erst vorletzte Nacht die Lautsprecher von Berthas Wagen geklaut worden. Diese Banausen! Wenn sie die doch bloß erwischen würden …

Mittlerweile waren fast zehn Wochen vergangen und niemand der befragten Damen und Herren wusste auch nur ansatzweise, wem der geheimnisvolle Kran wohl gehören könnte. Es war fast, als wüsste Herr Faber selbst nicht mehr, was er eigentlich suchte. Manchmal schien es, als hätte er den Kran längst vergessen. Eines Abends blickte er in seine Aufzeichnungen, die er während seiner kleinen Reise in schönster Schrift und in aller Sorgfalt angefertigt hatte. Es waren insgesamt 483 Regenschirme, 98 Handschuhe,

43 Hüte, 21 Notizbücher, zwölf Stofftaschentücher, drei einzelne Schuhe und Socken sowie eine große Anzahl an Uhren, Armbändern, Werkzeugen, Büchern und Handtaschen. Und Berthas Lautsprecher.

Dann gab es noch einige Dinge, die Herr Faber nicht so recht in Zahlen auszudrücken vermochte. Einige Menschen hatten zum Beispiel geantwortet, ihnen fehle die Zeit oder die Ruhe. Anderen Menschen fehlten ganze Familien oder ihre Heimat. Und einige behaupteten, dass ihnen die Gerechtigkeit, der Mut oder der Glaube an sich selbst fehle. Aber wie sollte er das nun zählen? 32-mal Heimat? Elfmal Gerechtigkeit? Zweimal Selbstvertrauen? Nein, das sah seltsam aus. Nachdem er die Liste noch einmal fein säuberlich abgeschrieben hatte – diesen Tick hatte er seit der Schulzeit –, setzte er eine Überschrift darüber:

Die Inventur der verlorenen Dinge

Er nahm das Blatt, faltete es sorgsam zusammen und steckte es in die rechte Gesäßtasche seiner Hose. Dann sah er in den Spiegel, lächelte zufrieden, aber erschöpft und murmelte: „Zeit für ein Nickerchen."

HERRN RUMPELS GESPÜR FÜR SPRICHWÖRTER

Am nächsten Morgen stand der Kran noch immer in Herrn Fabers Garten. Eigentlich wollte er an diesem Tag das Unkraut zupfen und seine Zeit der Gartenpflege widmen, aber das stählerne Ungetüm überdeckte die gesamte Wiese.

„Nun", sagte er sich, „wenn es mir scheinbar nicht möglich ist, den Garten zu pflegen, werde ich wohl erneut ein Nickerchen machen müssen. Das ist aber wirklich sehr ärgerlich." Und dabei grinste er leicht diebisch.

Es störte ihn scheinbar nicht sonderlich, dass er nicht mehr seiner Gewohnheit nachgehen konnte und die Arbeit verschieben musste. Er rechnete aus, dass er am Tag insgesamt neunzig Minuten seiner Zeit sparen könnte, wenn er kein Unkraut zupfen, die Fische im Teich nicht füttern, den Rasen nicht mähen und die Hecke nicht schneiden würde. Das war doch eigentlich eine gute Nachricht.

Die Tage verstrichen. Ganz langsam und nahezu unbemerkt wichen Neugierde und Elan einer gewissen Gleichgültigkeit. Herrn Fabers Nickerchen wurden immer und immer länger. Bis es irgendwann Tage gab, an denen er sein Bett gar nicht erst verlassen wollte. Wozu denn auch? Er wurde gar nicht mehr richtig wach, sein Rücken schmerzte vom langen Liegen und sein Körper hatte kaum noch Kraft aufzustehen. Einige nahestehende Menschen machten sich bereits Sorgen oder beschwerten sich bei ihm, dass er nicht mehr in der Gaststätte anzutreffen sei, geschweige denn im Stadtpark oder bei seinen Freunden daheim.

Herr Faber musste einsehen, dass er dringend eine neue Beschäftigung brauchte. Die Langweile machte ihm schwer zu schaffen. Sein Lieblingsbuch hatte er nun mehrmals hintereinander gelesen, er konnte schon beinah frei daraus vortragen, die Kreuzworträtselhefte waren bis auf die letzten Seiten ausgefüllt und auch das Fernsehprogramm konnte keinerlei Begeisterung mehr in ihm hervorrufen. Vielleicht könnte er doch mal wieder im Garten arbeiten, dachte er. Mittlerweile müsse dieser seltsame Kran ohnehin verschwunden sein. Irgendwer wird ihn inzwischen wohl abgeholt haben.

Er sah durch das Fenster, war aber nicht wirklich erstaunt, als er feststellen musste, dass der schwere

Apparat immer noch auf der Wiese stand. Stolz und aufrecht thronte er dort.

„Jetzt reicht es mir aber!", schimpfte Herr Faber. Er ging ins Wohnzimmer, griff nach dem Telefonbuch in seiner Kommode, suchte darin die Nummer des örtlichen Abschleppunternehmens und griff anschließend zum Hörer des alten Wählscheibentelefons.

„Herzlich willkommen beim Abschleppunternehmen *Rumpel & Polter*. Rupert Rumpel am Apparat. Wie kann ich Ihnen behilflich sein?", erklang es am Ende der Leitung.

„Faber mein Name. Seien Sie gegrüßt. Hören Sie, in meinem Garten steht ein Kran, und der Besitzer ist weit und breit nicht auffindbar. Da wird doch der Hund in der Pfanne verrückt."

„Was macht denn der Hund in der Pfanne? Das ist doch Tierquälerei. Wollen Sie den etwa essen?"

„Das ist ein Sprichwort. Sagt man doch so."

„Puh, da bin ich aber erleichtert. Ich dachte schon ... Und Sie wollen den Kran nun abschleppen lassen? Auf eigene Kosten?"

„Denke schon. Oder haben Sie eine andere Idee?"

„Na, waren Sie denn schon oben? Haben Sie in der Kabine nachgeschaut? Vielleicht ist jemand dort. Womöglich ist ihm etwas passiert."

„Sie kommen ja auf Ideen. Ich klettere doch nicht diesen riesigen Kran herauf. Er geht bis in die Wolken. Doch nicht auf meine alten Tage! Was würde das denn kosten, wenn Sie ihn abschleppen würden?"

Herr Rumpel machte eine kurze Pause. „Nun, einen Kran haben wir noch nie abgeschleppt. Aber ich schätze, bei dem Aufwand und dem nötigen Personal kommen wir schnell auf 10.000 Euro."

„Mein lieber Herr Gesangsverein!"

„Nein, Rumpel mein Name. Hier singt doch niemand."

„Mit Redewendungen haben Sie es nicht so, oder?"

„Jetzt werden Sie mal nicht frech. Brauchen Sie nun Hilfe oder nicht?"

„Ja, ich schätze, da beißt die Maus keinen Faden ab ..."

„Wo kommt die Maus denn ...?"

„Ach, vergessen Sie es. Aber danke für Ihre Auskunft. Ich melde mich wieder."

Herr Faber legte auf, nahm seine Inventur-Liste und ergänzte sie um einen wichtigen Punkt: *Herrn Rumpels Gespür für Sprichwörter.*

SCHLUMMER UND SCHWINDEL

Heute war es noch wärmer als an den Tagen zuvor. Die Sonne brannte durch die Fensterscheiben direkt in Herrn Fabers Gesicht und er hielt es nicht länger aus, zu Hause zu sitzen. Zum ersten Mal seit zwei Wochen ging er vor die Tür und stand nun direkt vor seinem Kran. Womöglich hatte Herr Rumpel recht und der Besitzer dieses Kolosses sitzt tatsächlich die ganze Zeit im Kranführerhäuschen. Vielleicht macht auch er einfach nur ein sehr langes Nickerchen. Dies herauszufinden, sollte doch irgendwie möglich sein.

„Jetzt reicht es mir aber wirklich!", beschloss Herr Faber. „Ich klettere nun hinauf und werde nachschauen, ob dort jemand sitzt."

Als Feigling wollte er wirklich nicht dastehen. Die paar Stufen würde er schon schaffen. Vor einiger Zeit hat er in einer Zeitschrift von einem Kranführer gelesen, der jeden Morgen eine ganze Stunde lang die Stufen emporsteigen muss, ehe er oben mit seiner eigentlichen Arbeit beginnen kann. Das klingt zwar viel, aber sollte auch für Herrn Faber machbar sein. Schnurstracks stellte er sich also auf das unterste Podest, um von dort die ersten Stufen zu betreten. Nach einigen wenigen Schritten merkte er, dass er einfach nicht weiterkam. Ständig musste er niesen, wann immer er in die Sonne schaute. Und stets fiel er dabei mit dem Rücken in seinen geliebten Fliederbusch. Immer und immer wieder. Seine Nase war schon ganz rot und seine Augen tränten ein wenig. Mit geschlossenen Augen konnte er unmöglich klettern. Abends, wenn die Sonne nicht scheint, könnte er die Stufen auch nicht erkennen. Ein Teufelskreis.

Was sollte er tun? Ob dieses Abenteuer nicht doch ein wenig waghalsig war? Er war wahrlich nicht mehr der Jüngste. Das musste er einsehen. Aber so sehr er auch versuchte, die Vernunft walten zu lassen, die Abenteuerlust war einfach zu groß.

Nach langem Überlegen beschloss er, sich eine Sonnenbrille aufzuziehen. Er ging zurück ins Schlafzimmer und öffnete die Schublade seiner Kommode. Einige Taschentücher sollten ebenfalls von Nutzen sein. Und Proviant. Natürlich! Wie konnte er das vergessen. Hastig eilte er in die Küche und holte drei Gläser mit Bockwürstchen aus dem Vorratsschrank. Herr Faber liebte Bockwürstchen. Zufrieden stopfte er die Gläser in seinen alten Rucksack, schnürte diesen zu und schnallte ihn auf den Rücken. Zurück in seinem Vorgarten, wagte Herr Faber einen zweiten Versuch, den Kran zu besteigen. Diesmal sollte es doch klappen. Vorsichtig kletterte er einige Leitersprossen empor.

„Hatschi!"

Mit einem riesigen Wumms landete er auf dem Rücken im Fliederbusch. Potzblitz! Verärgert rappelte er sich wieder auf. Das gibt es doch nicht. Immer und immer wieder musste er niesen und landete wie ein Käfer auf dem Boden. „Hatschi!"

Bei jedem Aufstieg wurde er entweder ruckartig von der Leiter geschleudert oder musste sich so sehr an der Nase jucken, dass er sich mit einer Hand nicht mehr festhalten konnte. Die Sonne war einfach zu stark. Was also tun? Ob dort oben wirklich jemand saß? Was man wohl von dort oben alles erkennen konnte?

Wer Herrn Faber kennt, der weiß, dass dieser nie um eine Lösung verlegen ist. Und so stellte er sich also vor seinen Spiegel, lächelte und sprach: „Zeit für ein Nickerchen."

Im Schlaf kamen ihm nämlich die besten Ideen. Und tatsächlich, mitten in der Nacht fiel ihm ein, dass noch eine Taschenlampe in der Schublade seines Schränkchens liegt. Herr Faber grinste wie ein Honigkuchenpferd, legte neue Batterien ein und ging mit der Lampe erneut in den Garten. Damit er sie nicht in der Hand halten muss, band er sie mit einer Schnur um seinen Kopf. Herr Faber sah nun aus wie ein richtiger Abenteurer.

Und dann ging es los. Die Reise sollte beginnen.

ÜBER DEN DÄCHERN DES DORFES

Sprosse für Sprosse, Schritt für Schritt. Herr Faber zitterte an beiden Händen, weil er seit seiner Kindheit Höhenangst hatte, aber er nahm sich einfach ganz fest vor, nicht hinunterzuschauen. Es war stockduster, man konnte die Hand kaum vor Augen sehen – Gott sei Dank hatte er seine Taschenlampe dabei. Ein wenig sah er aus wie ein Bergmann, der sich auf einen Kran verirrt hatte. Die Besteigung des riesigen Ungetüms nahm jede Menge Kraft und Ausdauer in Anspruch. Schon nach wenigen Minuten, er hatte gefühlt gerade mal zehn Höhenmeter zurückgelegt, ging ihm ein wenig die Puste aus. Aber so schnell wollte er sich nicht unterkriegen lassen. Sein Stolz ließ es nicht zu, dass er schon aufgab und jedwede Bemühungen umsonst waren. Nein, es musste weitergehen. Er schloss die Augen und atmete tief durch. Und wieder Sprosse für Sprosse, Schritt für Schritt. Immer, wenn ihm die Kraft ausging, dachte er an den Straßenkehrer Beppo aus dem Buch *Momo*. Von ihm hatte er gelernt, dass man sein Ziel mit viel mehr Leichtigkeit erreicht, wenn man sich immer nur den nächsten Schritt und nie die Gesamtstrecke vor Augen führt. Zufrieden lächelte er und folgte weiter dem Weg. Er griff mit dem rechten Arm nach oben, der linke folgte. Dann der rechte Fuß. Dann der linke. Und immer so weiter. Sprosse für Sprosse, Schritt für Schritt.

Als Herr Faber nach vielen Stunden die Wolkendecke erreichte, stand er vor dem nächsten Problem: Nichts war mehr zu erkennen. Gar nichts. Nun half ihm selbst seine Taschenlampe nicht mehr weiter. Langsam wurde ihm ein wenig mulmig. Was tun, wenn ein Segelflieger ihn streifen und er das Gleichgewicht verlieren würde? Oder wenn ein Vögelchen heimlich den Proviant aus dem Rucksack stibitzen würde. Apropos. Hunger hatte er mittlerweile auch. Einen Bärenhunger. Sein Magen knurrte wie eine alte Dampflokomotive. Aber damit musste er wohl warten, bis er oben war. Er traute sich nicht, nach dem Rucksack zu greifen, denn dann müsste er mit einer Hand von der Stange ablassen. Und sehen konnte er ja nun ohnehin nichts. Er musste einfach einen schnellen Schlussspurt hinlegen.

„Hach, was würde ich jetzt für ein Nickerchen geben", murmelte er.

Aber so furchtbar weit konnte es doch nicht mehr sein. Gott sei Dank hatte er mittlerweile so viel Routine in den Handgriffen, dass er die Kletterbewegungen nahezu blind ausführen konnte. Er beschloss, seine Reise fortzusetzen, und ließ sich von seiner Angst nicht abschrecken. Und wieder dachte er an Beppo: Schritt – Atemzug – Besenstrich. Oder Sprossenschritt. Was macht das für einen Unterschied?

Je höher er kam, desto kälter wurde ihm. Wenigstens schwitzte er nun nicht mehr an den Händen. Zu Beginn der Reise hatte ihm das viele Probleme bereitet, weil er mehrmals von der Leiter abrutschte und den stabilen Halt verlor. Dafür fror er nun wie eine Wüstenspringmaus am Nordpol. Herr Faber zitterte am ganzen Körper. Er hatte das Gefühl, dass er auf der Stelle zu einem riesigen Eiszapfen erstarren würde, wenn er nicht stetig weiterklettern würde.

Fest entschlossen und mit festem Griff kletterte er durch die Wolkendecke, bis er irgendwann endlich wieder sehen konnte. Der Nebel hatte sich verzogen und das Licht war viel heller als vorher.

Er schien der Sonne immer und immer näher zu kommen. Ja, die Sonne! Seine gute alte Bekannte ... Oh nein ... Er wird doch wohl nicht ...

„Hatschi!"

Glück gehabt, Gott sei Dank ist nichts passiert. Mit aller Kraft hielt er sich an den Eisenstangen fest und konnte der Schwerkraft trotzen. Diesen Sturz hätte er wahrlich nicht überlebt. Und dann, nach einer gefühlten Ewigkeit, mittlerweile war es schon fast wieder Nacht, kam er am obersten Ende der Kranleiter an. Es waren nun genau vierundzwanzig Stunden vergangen und da war es: das Kranführerhäuschen. Geschafft!

Erschöpft öffnete Herr Faber die Tür. Das war das anstrengendste Unterfangen, dem er sich je freiwillig ausgesetzt hat. Und das in seinem Alter! Hätte er das vorher gewusst, wäre er wohl einfach im Bett geblieben und hätte sich einen gemütlichen Tag gemacht. Nun war er zwar regelrecht am Ende seiner Kräfte, aber trotzdem unheimlich glücklich und von Stolz erfüllt – er hatte es geschafft, er stand im Kranführerhäuschen. Und zwar vollkommen alleine. Kein Kranführer, nirgends.

Doch er hatte nicht viel Zeit nachzudenken, denn das Erste, was ihm einfiel, war sein Bärenhunger. Er hatte seit dem Beginn seiner Reise weder gegessen noch getrunken. Er öffnete seinen Rucksack und nahm einen großen Schluck Pfefferminztee. Dann griff er nach den Bockwürstchen und biss zufrieden hinein.

Das Leben ist schön!

Herr Faber genoss den Panoramablick über seine Stadt. Glücklicherweise war der Nebel verschwunden und keine einzige Wolke weit und breit mehr erkennbar. Zwar fror er noch immer ein wenig, was wohl einfach an der Höhenluft lag, aber die Sonne erstrahlte über die gesamte Landschaft. Der wundervolle Ausblick überwältigte ihn. Aus dieser Perspektive hat er die Welt noch nie betrachten können. Es schien, als hätte sich all die Mühe gelohnt. Zufrieden setzte er sich auf den Boden. Denn so schön der Ausblick auch war, jetzt hatte er sich wirklich ein kleines Nickerchen verdient.

DER SCHIRMHERR

Auch wenn diese beschwerliche Reise ihn ganz besonders herausforderte, waren kleine Abenteuerausflüge Herrn Faber bestens vertraut. In seinen frühen Jugendjahren war er Mitglied einer Pfadfindergemeinschaft gewesen. Ob ein Zeltlager in der Wildnis, Fährtenlesen oder lange Märsche bei Wind und Wetter – all das kannte er nur zu gut. Folglich verwunderte es nicht, dass er für seine Reise bestens ausgerüstet war. In seinem Rucksack befanden sich neben dem Proviant zahlreiche kleine Dinge, von denen er dachte, dass sie ihm auf seiner Kranbesteigung von Nutzen sein könnten: ein Taschenmesser, ein Kompass, ein Seil, mehrere Karabinerhaken und diverse andere Utensilien. Ganz besonders freute er sich darüber, dass er das alte Fernglas eingepackt hatte, das sein Großvater ihm damals zum zwölften Geburtstag geschenkt hatte. *Superzoom 9000.* Triumphierend holte er den Feldstecher aus dem Stoffrucksack hervor. Nachdem er die Schutzhülle abgenommen und die Gläser jus-

tiert hatte, setzte er sich direkt vor das Kranfenster und hielt sich das Fernglas vor die Augen. Er drehte an einem kleinen geriffelten Rädchen, um die richtige Vergrößerung einzustellen und plötzlich konnte er die prächtige Landschaft in all ihren Details erkennen. Die Siedlung mitsamt ihren zahlreichen Wohnhäusern, die Straßenläufe, die Roggenfelder und den kleinen Feldweg, der sich wie ein Mehlwurm durch die Landschaft schlängelte, die Windräder, Strommasten, einen Bauernhof, die dichten Laubwälder, sogar die angrenzenden Städte und Dörfer konnte er von hier aus erkennen. Das gibt es doch gar nicht, er musste unglaublich weit hoch geklettert sein! Wie ein richtiger Bergsteiger.

Doch was war das?

Herr Faber drehte erneut an dem Rädchen, um den Fokus zu korrigieren. Das konnte doch wohl nicht wahr sein! Er blickte nun direkt auf eine helle Lichtung in dem sonst so düsteren und dicht bewachsenen Laubwald. Und plötzlich sah er – und er glaubte zunächst an eine optische Täuschung – genau im Kern dieser Lichtung unzählbar viele Regenschirme, die aufgespannt auf dem Boden lagen. Ein Mosaik aus allen Farben dieser Welt. Herr Faber traute seinen Augen nicht. Wem die wohl gehörten? Das war wirklich sonderbar.

Er kratzte sich am Kopf. Es mussten mehrere hundert Regenschirme sein. Aber was haben sie nur dort in der Waldlichtung verloren? Erneut griff Herr Faber zu seinem Fernglas. Dieser Spur musste er nachgehen. Und wie er noch einmal hinsah, erkannte er, wie plötzlich ein Mann mitten aus dem dunklen Schatten der Laubbäume hervorkam und zwei weitere Regenschirme dazulegte. Dunkelblau waren sie. Äußerst merkwürdig! Wer ist dieser Mann? Woher kamen all diese Schirme? Er dachte nach. Und nach einer kleinen Weile, er war schon kurz davor, wieder in ein Nickerchen zu verfallen, kam ihm ein Einfall. Ja, natürlich. Warum ist ihm das nicht gleich eingefallen? Er holte einen Zettel aus seinem Rucksack hervor.

Die Liste der verschwundenen Dinge

1) 483 Regenschirme

Natürlich, das mussten sie sein! Aber wer war nun dieser Mann, der den Menschen ihre Regenschirme stibitzte und sie hier im Wald versteckte? Herr Faber konnte natürlich nicht wissen, was es mit dieser Person auf sich hatte. Es handelte sich bei diesem sonderbaren Manne um einen Schirmherrn. Der Schirmherr sammelt im Laufe seines Lebens alle Regenschirme, die er so findet, und da er in seiner kleinen Wohnung keinen Platz für alle Schirme hat, bewahrt er sie hier im Wald auf. Man könnte annehmen, dass dieser Herr aus bösem Willen handelt, aber das stimmt nicht. Er sammelt sie, weil er als kleines Kind in einem Biologiebuch gelesen hat, dass die Blumen Wasser brauchen, um überleben zu können. Und in diesem Buch stand auch, dass Pflanzen Lebewesen sind, genauso wie Menschen. Und letztendlich hat er sich in den Kopf gesetzt, dass der Mensch, sofern er denn immer einen Regenschirm trägt, um sich vor dem Wasser zu schützen, eines Tages folgerichtig aussterben wird. Das wollte er natürlich nicht, denn er mochte die meisten Menschen sehr gerne. Und so stahl er den Leuten heimlich ihre Regenschirme, wenn sie im Café in Gespräche oder Bücher vertieft waren. Dass es nun einige Menschen wie Zusa Zuckerguss gab, die tatsächlich aus Zucker bestanden und sich im Regen auflösten, das konnte er natürlich nicht wissen. Hätte man ihm von Zusa erzählt, dann hätte er ihren Schirm mit ziemlich hoher Wahrscheinlichkeit nicht gestohlen. Und vor allem hätte er nicht die Inhaberin der ortsansässigen Regenschirmfabrik entführt. Aber das ist eine ganz andere Geschichte.

IMMER WENN ES REGNET

Herr Faber saß in seinem Kranhäuschen und blickte auf all die farbenfrohen Regenschirme. Irgendetwas musste er doch tun! Immerhin vermissten die Menschen ihre Regenschirme, und wenn Herr Faber eines nicht mochte, dann das Gefühl des *Vermissens*. Er hatte dieses Gefühl selbst schon oft ertragen müssen. Neben einigen Büchern, die er verliehen hat, und einer wertvollen Taschenuhr vermisste er vorwiegend seine Familie. Er vermisste seine verstorbene Frau und er vermisste seine Kinder. Und natürlich seine geliebte Enkelin, die inzwischen längst erwachsen war. Seit einiger Zeit lebte sie in Frankreich und seitdem bekam er sie noch seltener zu Gesicht als vorher. Ach, könnte Marie doch bloß bei ihm sein. So schön es hier oben auch war, ein wenig einsam fühlte er sich doch. Nachdem Herr Faber eine lange Zeit seinen wehmütigen Gedanken nachgehangen hatte, kam er auf eine Idee. Es galt, irgendwie in das Geschehen einzugreifen. Wer, wenn nicht er? Und vor allem: Von wo,

wenn nicht aus dem Führerhäuschen dieses giganti-
schen Riesen? Dem vermutlich größten Kran, den ein
Mensch jemals erbaut hat.

Er schaute sich in seiner Kabine um und versuchte das System der ganzen Schalter und Knöpfe zu er-
gründen. Schon als kleiner Junge hatte er viel über
Lokomotiven, Kräne und Bagger gelesen, im Laufe seines Lebens dann als Ingenieur gearbeitet und auch im
hohen Alter beschäftigte er sich noch viel mit Technik.
Folglich fiel es ihm nicht schwer, die Handhabung und
Steuerung dieses Monstrums zu verinnerlichen. Herr
Faber drückte auf den roten Knopf direkt vor ihm, zog
dann den großen schweren Hebel neben sich ein Stück
nach vorn und plötzlich schwenkte der riesige Arm
des Krans nach links. Er war schon ein wenig erstaunt
über seine Fähigkeiten, war er doch sonst manchmal
eher unbeholfen und tollpatschig. Aber es gelang ihm
tatsächlich, den Arm des Krans zu bewegen. Er steu-
erte ihn direkt über die große Waldlichtung, drückte
dann einen anderen Knopf und nun senkte sich das
riesige Stahlseil herab. Der Haken pendelte im Wind,
aber mit seinen ruhigen Händen gelang es ihm, den
Haken direkt über die Regenschirme zu steuern. Ganz
langsam senkte er ihn ein Stück herab und da war es
geschehen: Ein blassblauer Regenschirm verfing sich
am Haken und Herr Faber konnte ihn behutsam her-

ausziehen. Das Ganze machte ihm richtige Freude, erinnerte ihn das Spiel doch sehr an die Fischerei. Bloß,
dass er nun keine Fische angelte, sondern eben Regenschirme. Herr Faber nahm sein Fernglas und hielt
Ausschau nach Zusa Zuckerguss.

Zusa Zuckerguss stand vor einem kleinen Holzhäus-
chen und wartete auf den Bus, der sie zu ihrem Arbeitsplatz bringen sollte. Sie arbeitete in einer Konditorei, und ihre Tätigkeit beschränkte sich darauf, dass
sie die großen, mehrschichtigen Torten mit Zucker-
gussschriftzügen versah. Sie hatte schon zu Schulzei-
ten eine wunderschöne Handschrift und war außerdem eine leidenschaftliche Poetin. Auch wenn sie das
nicht zugeben wollte. Diese Talente und die Tatsache,
dass sie ohnehin Zusa Zuckerguss hieß – Zufälle gibt
es –, waren die besten Voraussetzungen, um Zucker-
gussschreiberin in einer Konditorei zu werden. Die
Torten der Konditorei waren sehr beliebt, da die Menschen die kleinen Verse von ihr besonders schätzen.

Wofür die grossen Worte?
Das Glück steckt in der Torte
Und sollt man's dort nicht finden
Braucht man nicht lange suchen
Wird's schon nicht entschwinden
Es schlummert wohl im Kuchen.

Zusa Zuckerguss mochte ihre Arbeit sehr, aber ihre Verse wurden mit der Zeit ein wenig karg und lieblos, schien die Verfasserin doch zunehmend unter ihrer Traurigkeit zu leiden. Ihr Vorgesetzter schimpfte seit einigen Tagen mit ihr, weil die ersten Kunden und Kundinnen sich beschwert hatten.

„Nun", sagte Zusa, „was soll ich tun? Es regnet den ganzen Tag, und es gibt in der ganzen Stadt keine Schirme mehr. Sehen Sie doch, ich schmelze."

Da lachte der Konditormeister. „Sie sind doch nicht aus Zucker!"

„Doch", sagte Zusa. „Sehen sie nur!"

Der Konditormeister wollte ihr die Geschichte natürlich nicht glauben. „Das müssen Sie mir beweisen. Und ich warne Sie, wenn Sie mich anlügen, dann sind Sie fristlos gekündigt."

Da wurde Zusa noch trauriger, liebte sie ihre Arbeit doch über alles. Sie ging also gemeinsam mit ihrem Vorgesetzten vor die Türe und stellte sich mitten in den strömenden Regen. Ganz langsam begann sie zu zerfließen und wurde immer ein winziges Stück kleiner.

„Tatsächlich, Frau Zuckerguss. Sie sind wirklich aus Zucker."

In diesem Moment hörten sie ein leises Pfeifen und Raunen. Der Wind wurde ein wenig stärker und plötzlich erschien ein riesiger Schatten vor ihnen.

„Hilfe!", schrien sie laut. „Was passiert mit uns?"
Plötzlich nahm Zusa eine Bewegung war und irgendetwas schien ihren Rücken zu berühren. Sie erschrak fürchterlich.

„Was geschieht denn hier?"
Und wie sie dies so aussprach, hielt sie plötzlich ihren geliebten grünen Regenschirm in der Hand. Das konnte doch nicht wahr sein! Ein Wunder war geschehen.

Viele Meter über ihnen sah Herr Faber zufrieden auf seine Liste. Er nahm Radiergummi und Bleistift, und so wurden aus 483 nur noch 482 Regenschirme. Er lächelte und wirkte in diesem Moment so glücklich wie selten zuvor. Aber das sollte noch lange nicht das Ende sein. Herr Faber nahm seinen Feldstecher, drehte an dem kleinen geriffelten Rädchen, kniff die Augen zusammen und sah durch das offene Fenster eines kleinen Hauses – da entdeckte er Gisbert Gramgries.

WELCH EIN SPEKTAKEL!

Gisbert Gramgries war ein stadtbekannter Nörgler und Miesepeter. Er lebte am äußersten rechten Rand des Dorfes in einem braunen Backsteinhof und saß wie immer an seinem Fenster, um das Geschehen auf der Straße zu beobachten. Wann immer er Kindergeräusche oder anderweitigen Lärm vernahm, öffnete er die Türe und schrie: „RUUUUUHE! Das ist meine letzte Warnung! Gleich hole ich die Polizei!"

Lange Zeit hatten die Nachbarn versucht, Herrn Gramgries zu besänftigen und beruhigend auf ihn einzureden, aber alle Mühe schien vergeblich. Er war ein verbitterter, jähzorniger Mensch und zu keinem Gespräch bereit. Wenn er nicht am Fenster saß, verbrachte er den Tag damit, beim Ordnungsamt anzurufen, um falsch abgestellte Autos zu melden. Und wenn sie ihn dort ignorierten, drückte er stets die Kurzwahltaste 1 für den *Abschleppdienst Rumpel & Polter*. Aber dort war man ebenfalls von seinen zahlreichen Anrufen genervt und legte meist nach wenigen Sekunden wieder auf. Und so wurde Gisbert Gramgries von Tag zu Tag wütender. Abends, wenn es auf den Straßen nicht mehr viel zu sehen gab, schrieb er Leserbriefe an die Lokalzeitung und beschwerte sich über deren Rechtschreibfehler, verwahrloste Vorgärten oder die neuen Anwohner in seiner Nachbarschaft. Er berichtete, dass sie seine Sprache noch nicht perfekt beherrschten und dass er glaube, sie würden ihn ausrauben oder ihm gar seinen Arbeitsplatz wegnehmen. Was dubios war, da Herr Gramgries gar keinen Arbeitsplatz hatte, den man ihm wegnehmen konnte. Hach, er war schon recht einfältig! So viel Wut und so wenig Herz.

Und wie Gisbert Gramgries so dasaß und durch sein Fenster blickte, da sah er draußen auf einmal eine Art Haken in der Luft baumeln. Ja, was kann denn das nur sein? Hastig rannte er zur Türe und sah verwundert nach oben. Doch außer dem Haken und einem Stahlseil konnte er nichts erkennen. Er schrie so laut er konnte: „Ich hole die Polizei! Lassen Sie mich in Frieden!"

Und wie er das so aussprach, verfing der Haken sich auch schon in seinem Hosenbund. Noch bevor er reagieren konnte, baumelte Herr Gramgries am Haken und seine Füße zappelten in der Luft.

„Lassen Sie mich runter! Aber plötzlich!"

Doch es nützte nichts. Von Sekunde zu Sekunde hob er immer weiter ab und bekam es langsam mit der Angst zu tun. Herr Faber saß derweil oben und lachte sich ins Fäustchen. Diesen Gisbert Gramgries konnte er noch nie besonders leiden. Er drückte auf ein paar Knöpfe und schon wenig später pendelte das Seil wie wild in der Luft. Ach, hätte er doch nur sehen können, wie bleich Herr Gramgries inzwischen war. Am liebsten hätte er ihn noch ewig so durch die Lüfte schweben lassen. Aber er war ja kein Unmensch. Nun, was tun? Da kam ihm die Idee. Ein weiterer Knopfdruck, und zack, flog der alte Miesepeter im hohen Bogen in den Teich des angrenzenden Stadtparks. Wie ein begossener Pudel blickte er nun dumm aus der Wäsche und wedelte mit den Armen hilflos im Wasser herum. „Zu Hilfe! So rette mich doch jemand!"

Herr Faber bewegte den Kran schnurstracks zurück zu Herrn Gramgries' kleinem Backsteinhaus. Vorsichtig und präzise versenkte er den Haken im Schornstein und hob das Dach aus seiner Verankerung. Und wie Herr Faber in den offenen Rohbau blickte, da traute er seinen Augen nicht: Unzählbare Fußbälle, Spielzeuge und andere vermisste Gegenstände lagen in den Räumen verstreut! Es schien, als hätte Herr Gramgries einen ganzen Kindergarten geplündert. Dieser Schurke! Na, hätte man sich doch fast denken können, dass er dahintersteckt. Aber zum Aufregen hatte Herr Faber jetzt keine Zeit. Schließlich hatte er hier einen Auftrag zu erledigen. Stück für Stück bugsierte Herr Faber die Dinge aus dem Haus und bildete daraus einen riesigen Spielzeughaufen auf der Straße. Schon nach kurzer Zeit eilten die Nachbarskinder herbei und freuten sich wie Schneeköniginnen und -könige. Nur bekam Herr Faber von allem Jubel nichts mit, war er doch so sehr in seine Arbeit vertieft.

Als er wenige Minuten später auch das letzte Spielzeug aus dem Haus befreit hatte und gerade in Begriff war, den Haken wieder nach oben zu manövrieren, da sah er noch einen weiteren Gegenstand in Herrn Gramgries' Haus. Nein! Das konnte doch nicht wahr sein. Das waren doch nicht etwa ... Doch, das mussten sie sein: die geliebten Schrottwagenlautsprecher von

Bertha Blechbüchse. Na, die wird sich aber freuen. Herr Faber beschloss, noch bis zum nächsten Tag zu warten, bis er Bertha die Lautsprecher überreichen würde. Berthas Glück bedeutete ihm noch ein kleines bisschen mehr als das der anderen Menschen. Und diesen schönen Moment wollte er sich noch ein wenig aufheben. Wie er so an Bertha Blechbüchse dachte, da überkam ihn erstmals so etwas wie Heimweh.

DAS DORFFEST

Die Stunden vergingen und immer mehr Menschen erfreuten sich an ihren zurückgebrachten Habseligkeiten. Denn glaubt man die Dinge einmal verloren, scheint man danach umso glücklicher zu sein, wenn man sie wieder in den Händen hält. Zusa Zuckermann stand strahlend unter ihrem Regenschirm, und sämtliche Kinder des Dorfes erfreuten sich an ihren Spielzeugen. Nun waren alle anderen an der Reihe: Mützen, Hüte, Schmuckstücke, Handschuhe, Geldbörsen, Schlüsselbunde und Aktentaschen fanden zurück zu ihren Besitzerinnen und Besitzern. Sogar Schuster Albrecht bekam seinen geliebten Schuh zurück. Zusa Zuckerguss und viele andere Menschen waren dem unbekannten Helfer für seinen Einsatz unendlich dankbar. Mehr und mehr Gegenstände brachte er zurück, ohne dass jemand ahnen konnte, dass es der gute Herr Faber war, der von dort oben den riesigen Kranarm bewegte. Die Nachricht vom geheimnisvollen Kran verbreitete sich wie ein Lauffeuer und erreichte auch die benachbarten Dörfer. Von überall kamen die Menschen, weil ihnen plötzlich Dinge einfielen, die sie verloren hatten. Sie streckten ihren Kopf Richtung Himmel und riefen so laut sie konnten. „MEIN EHERING IST FORT! HÖREN SIE? MEIN EHERING!" oder „MEINE WASCHMASCHINE VERSCHLUCKT EINZELNE SOCKEN!" Doch Herr Faber verstand kein Wort, weil die Menschen wild durcheinander brüllten und er viele hundert Meter über ihnen thronte. Und als ein junger Mann brüllte, er hätte gestern einen Koffer voller Geld im Wald verloren, da begriffen die Menschen im Dorf, dass es eigentlich ganz gut war, dass der da oben von alledem nichts mitbekam.

Zu Ehren des unbekannten Kranführers, und weil sie sich so sehr über ihr verloren geglaubtes Notizbuch freute, beschloss die Bürgermeisterin, ein spontanes Volksfest für das Dorf zu organisieren. Schon am nächsten Morgen standen Bratwurstbuden, Bierzelte und dutzende kleine Stände auf dem Marktplatz. Es gab Zuckerwatte, Eiscreme, Bratäpfel und Pfannkuchen. Zahlreich strömten die Dorfbewohnerinnen und -bewohner herbei und ergötzten sich an den Leckereien. Das Feuerwehrorchester spielte spontan ein Konzert und eine Bauchtanzgruppe amüsierte die

Menschen mit ihren Darbietungen. Während sie so aßen und tranken, schienen die Menschen fast zu vergessen, warum und wem zu Ehren sie eigentlich da waren. Aber das darf man beim Geruch von gegrillter Bratwurst auch schon mal vergessen. Und wer Herrn Faber kennt, weiß, dass dieser ohnehin nicht sonderlich viel Aufheben um seine Person macht. Er saß indessen oben in seinem Kranführerhäuschen, strahlte übers ganze Gesicht und schien alles um sich herum zu vergessen. Er hatte seit der Entdeckung der Regenschirme noch nicht eine Sekunde geschlafen! Zwar konnte er nachts nicht sonderlich viel machen, da er im Dunkeln nichts zu erkennen vermochte, aber er schwelgte fortwährend in Gedanken und stellte sich vor, wie er mit Bertha Blechbüchse in seinem Vorgarten läge, sie gemeinsam in der Sonne dösen, Karten spielen und sich Geschichten erzählen würden.

Während es nun längst Tag war und die Menschen weit unter ihm feierten, überkam ihn langsam, aber sicher doch die Müdigkeit und er beschloss, endlich ein kleines Nickerchen zu machen. Er wollte ja später noch einen besonderen Menschen überraschen.

Zufrieden schlief Herr Faber ein. Sein gleichmäßiges Schnarchen ließ die Vögel um ihn herum im Fluge erzittern.

MEIN ZOTTELZAUS

EIN GEFÜHL VON STOLZ

Etwa drei Stunden später, es war mittlerweile Nachmittag, wachte Herr Faber auf. Wie immer sah er aus wie ein Zottelzaus. Gut, dass ich hier oben keinen Spiegel habe, dachte er im Stillen. Und wie er so an seine Zottelzausigkeit dachte und sich die Augen rieb, rann eine kleine Träne seine Wangen herab, da er an seine geliebte Frau denken musste. Schon über zehn Jahre war sie nun nicht mehr bei ihm.

Er sah sich um. Der Kran ragte bis tief in die Wolken. So nah wie jetzt, dachte er, war er ihr vermutlich noch nie gewesen. Nach dem Tod seiner geliebten Frau hatte Herr Faber so gut wie niemanden an sich herangelassen. Er war ein begehrter Mann bei den älteren Damen, attraktiv, herzlich und äußerst charmant, doch es war ihm nicht wohl dabei, wenn er sich vorstellte, jemand könne Frau Fabers Platz eines Tages einnehmen. Immer mehr hatte er sich von seinem vertrauten Umfeld und den Menschen, die ihm lieb waren, abgeschottet. Er tauchte kaum noch in der Kneipe, beim Skatverein oder den Nachbarschaftsfesten auf. Selbst seine Familie bekam er nur noch selten zu Gesicht. Vielmehr erfreute er sich an seiner Modelleisenbahn auf dem Speicher und der täglichen Pflege seines Vorgartens. Seine Kinder wohnten in einer fernen Großstadt und wenn sie ihn anriefen, beschränkte er sich auf wenige Worte und nutzte Sätze wie *Man lebt so vor sich hin* oder *Schlechten Menschen geht es immer gut*, wenn man sich nach seinem Befinden erkundigte. Auch seine Enkelin in Paris meldete sich nur selten bei ihm. Hin und wieder schrieb er ihr Postkarten oder schickte etwas Geld, aber meist kam nicht viel zurück. Selten waren die Tage, an denen alle vereint waren. Bloß zu seinem Geburtstag oder an Weihnachten bekam er Besuch von seiner Familie. Diese Tage bedeuteten ihm viel, auch wenn sich die Abläufe meist glichen und er das Gefühl hatte, die Feiergesellschaft zu belasten.

Aber Herr Faber hatte gute Bekannte im Dorf. Er galt stets als freundlich, wenn auch vollkommen unauffällig. So sehr er seine kleinen Gewohnheiten und Tagesabläufe nach der Pensionierung pflegte, überkam ihn mehr und mehr die Langweile und er ergab sich dem Trott des Alltäglichen. Einkaufen, kochen, putzen, waschen, lesen, fernsehen. Und die tägliche Gartenarbeit. Solche Routinen gaben seinem Tag Struktur. Herr Faber war nie ein Mensch, der klagte. Und wenn man das Leben im Ganzen betrachtete, konnte er sehr zufrieden sein.

Trotzdem, jetzt im Alter, da fehlte ihm irgendetwas. Als der seltsame Kran in sein Leben kam, hatte er endlich wieder eine Aufgabe. Er fühlte sich nützlich. In den letzten Tagen dachte er kaum über seine eigenen Sorgen und Befindlichkeiten nach. Schon während der Suche nach dem Kranbesitzer vergingen die Tage wie im Flug und er lernte viele interessante Menschen kennen, die ihm spannende Geschichten erzählten. Aber den Menschen all ihre verlorenen Dinge wiederzubringen, das ist das prächtigste Gefühl auf Erden. Herr Faber war unfassbar stolz auf das Ergebnis seiner Arbeit. Es tat ihm gut, hier oben zu sein.

Dass auch der Gedanke an eine gewisse Dame zu seinem neuen Glück beitrug, das wollte er sich allerdings noch nicht so richtig eingestehen.

HEIMAT

Herr Faber beschloss, mit seiner Liste weiterzumachen. Er zog das zerknitterte Blatt aus seiner Hosentasche und entfaltete es. Da war sie wieder: *Die Inventur der verlorenen Dinge.*

Zufrieden nahm er zur Kenntnis, dass dort sehr viele Häkchen waren und er einen Großteil bereits wiederbeschafft hatte. Als er auf das untere Ende des Blattes sah, entdeckte er jedoch einige Worte, die ihn kurz innehalten ließen: Liebe, Mut, Heimat.

Nun, wie sollte er das denn anstellen?

Die Dinge seiner Liste stellten ihn vor keine schwierige Aufgabe, waren diese Sachen doch greifbar und mit dem Auge erkennbar. Aber Liebe, Mut, Heimat? Diese Begriffe waren doch deutlich schwieriger zu fassen. Und wie Herr Faber so über die Liebe nachdachte, da fiel ihm die junge Dame von seiner Suche ein, die ihn über das *Vermissen* und *Verlieren* aufgeklärt hatte und die von ihrem Mann verlassen worden war. „Den alten Schussel" hatte sie ihn doch genannt. Könnte das am Ende nicht sogar ... Könnte das nicht Rupert Rumpel sein? Herr Faber kannte Rupert Rumpel zwar nur vom Telefon, aber die Wahrscheinlichkeit war in dem kleinen Dorf nicht besonders gering. Außerdem wirkte Herr Rumpel bei ihrem Gespräch ein wenig zerstreut. So als würde ihn etwas belasten. Herr Faber beschloss, sein Glück zu versuchen. Er nahm seinen Feldstecher *Superzoom 9000* und begann, Ausschau nach Rupert Rumpel zu halten. Der sollte doch zu finden sein.

Und wie er sich suchend umschaute, da erblickte er zunächst seinen Nachbarn Kubilay Kugelkopf. Dieser saß auf einer Parkbank und verlor sich in seiner Gedankenwelt. In seinen Händen hielt er ein schweres Buch, das mittlerweile sehr nass war, weil er sich alle paar Minuten mit einer Gießkanne Wasser über den

Kopf schüttete. Moment mal, dachte Herr Faber ... sagte sie nicht auch „Dickkopf"? War es vielleicht doch der Kugelkopf, den sie vermisste? Nein, das wäre zu naheliegend. Auch den Schuster Albrecht und einige andere Männer konnte er ausschließen. Es musste einfach Herr Rumpel sein! Als Herr Faber den wunderlichen Rupert Rumpel kurz darauf erspähte – sein Gesicht kannte er aus der Zeitung –, da fackelte er nicht lange. Er packte ihn mit dem Haken am Kragen und führte ihn in gewohnter Präzision direkt in den Garten der jungen Frau. Und nachdem er dies erledigt hatte, lehnte Herr Faber sich zufrieden zurück und bekam nicht mit, dass die beiden sofort zu streiten begannen und sich wüste Beschimpfungen um die Ohren schmissen. Es grenzte an ein Wunder, dass er bei der Lautstärke selbst hier oben nichts davon mitbekam. Und weil Herr Faber mit allen Gegenständen seiner Liste bereits fertig war, begann er nun, auch weitere Menschen zu verschieben. Das alles schien ihm sinnvoll und einleuchtend. So brachte er ehemalige Liebschaften, Ehepaare, Freundinnen und Freunde zusammen, obwohl diese eigentlich längst ein neues Leben begonnen und sich nicht mehr viel zu sagen hatten. Wie im Rausch verschob er ganze Personen, Familien, Häuser und Gartenzäune. Tagelang ging das nun so. Als wäre die

Welt unter ihm ein riesiges Schachbrett. Dass er damit ein riesiges Chaos anrichtete, war ihm zu diesem Zeitpunkt nicht bewusst, schließlich wollte er nur helfen. Aber manchmal hat es seinen Grund, dass Menschen auseinandergehen. Dass sie „Lebewohl" sagen und sich für eine lange Zeit nicht wiedersehen, manchmal auch gar nicht mehr. Manchmal soll das einfach so sein.

Eine Woche später wurden die Festzelte abgebaut. Die Stimmung im Dorf schien allmählich zu kippen und die Leute schimpften über den unbekannten Kranführer.

„Er soll sich nicht in unsere Leben einmischen!", fluchten sie.

„Der spielt wohl Gott da oben. Wir können unsere Angelegenheiten alleine regeln!"

Und noch am selben Abend versammelten sich zahllose Menschen am Fuße des Krans, direkt in Herrn Fabers Vorgarten. Sie hielten Transparente in die Luft und demonstrierten gegen die unbekannte höhere Macht dort oben im Himmel. Einige rüttelten mit aller Kraft am Kran, so als wollten sie ihn zum Umstürzen bringen. Niemand konnte wissen, dass der liebe Herr Faber hinter allem steckte und sich da oben ein wenig in die Sache hineingesteigert hatte. Zwar stand der naheliegende Verdacht im Raum, da der freund-

liche Rentner seit einigen Tagen nicht zu Hause war und noch wenige Tage zuvor alle Menschen nach dem Kran gefragt hatte, aber nie im Leben trauten sie dem in die Jahre gekommenen Herren zu, diese unzähligen Sprossen alleine erklommen zu haben. „Nie und nimmer!" sagten sie. „Nicht der alte Mann! Der würde doch sofort im Fliederbusch landen."

Herr Faber bekam von all dem Aufruhr nichts mit. Zwar schüttelte es ihn seit einiger Zeit ein wenig, aber er vermutete, dass es sich um starke Windböen handeln musste. Nichts ahnend saß er da und kam nicht im Ansatz auf die Idee, mit seinem Fernglas einen Blick auf sein eigenes Haus zu werfen.

Als nahezu alle Menschen verschoben und umgesetzt waren, schaute Herr Faber erneut auf seinen Zettel: *Heimat.*

Er dachte nach. Ein komisches Wort. In seinem gesamten Leben hatte Herr Faber nie woanders gewohnt. Für ihn war Heimat ein konkreter Begriff. Gebunden an diesen Ort. Seit mehr als fünfzig Jahren wohnte er im selben Haus. Früher mit seiner Frau, dann noch mit den Kindern und jetzt eben ganz allein. Hier im Dorf waren seine Freunde und hier kannte er alles und jeden, spätestens nach seiner langen Kranbesitzersuche. Aber Herr Faber wusste auch, dass es mit dem Wort *Heimat* für viele Menschen wesentlich komplizierter war. Manche Menschen wohnen in diesem Land, weil sie Zuflucht gesucht haben. Weil sie einst Hoffnung hatten. Auf ein besseres Leben für sich und ihre Familie. Und manche würden zwar gerne, aber können einfach nicht zurück, weil in ihrer eigentlichen Heimat der Krieg ausgebrochen ist, weil es dort nicht sicher ist und sie hier Schutz gesucht haben. Dann sind ihre Körper hier, aber ihre Herzen noch ganz woanders. Sie versuchen, sich hier einzurichten und eine neue Sprache zu lernen, aber manchmal dauert das eben seine Zeit. Obwohl die meisten dieser Menschen hier ein neues Zuhause gefunden haben, womöglich auch Freundinnen und Freunde und eine Arbeit, der sie nachgehen können – so richtig werden sie nie ankommen können. Dann bleibt ihre eigentliche Welt irgendwo dazwischen. Und manche von ihnen werden niemals unbeschwert glücklich sein, weil es Menschen wie Gisbert Gramgries gibt, die ihnen die Butter auf dem Brot nicht gönnen. Die sie fortwünschen und von sich stoßen. Obwohl Gisbert Gramgries selbst nichts dafür getan hat, dass es ihm hier besser ergeht! Er hatte einfach nur großes Glück, hier, an einem sicheren, wohlhabenden Ort geboren zu sein.

Herr Faber hatte das Gefühl, dass er nichts für diese Menschen tun konnte. Zwar thronte er auf dem größten Kran der Erde, aber bis über die Ozeane konnte sein Haken auch nicht greifen. Weder konnte er die Menschen über die Meere hieven, noch die Kriege in ihrer Heimat beenden. Zum ersten Mal seit langer Zeit wurde er sehr traurig. Eine Träne kullerte über seine faltige Wange. Und als er die weiteren Worte auf seiner Liste sah, da merkte er, dass er den Menschen auch sehr viele andere Dinge nicht wiederbringen konnte. Nicht ihre Zuversicht, nicht den Mut, ihre Jugend oder die Erinnerung, und auch nicht ihren Stolz. Und erst recht nicht von hier oben. Er dachte ein Weilchen nach.

Und dann entschied er doch tatsächlich, dass sein Abenteuer nun vorbei sein sollte. Ein letztes Mal schaute er mit dem Feldstecher auf die Waldlichtung, wo er ganz am Anfang den dreisten Schirmherrn ertappt hatte. Der Abstieg würde vollste Konzentration und Wachsamkeit erfordern. Er atmete tief ein, biss in sein allerletztes Bockwürstchen und schloss die Augen.

DER GELBE KRANICH

Der mühsame Abstieg dauerte eine gefühlte Ewigkeit. Nachdem Herr Faber viele Stunden später seinen Vorgarten erreichte, setzte er sich erschöpft ins Gras. Er blickte nach oben und konnte gar nicht glauben, dass er diesen Kran tatsächlich erklommen hatte. Zu unwirklich schien ihm diese Vorstellung. Wie lange er wohl dort oben gewesen war? Drei Tage, drei Wochen, drei Monate? Sein Gefühl für Zeit war vollkommen verschwunden. Er stand auf, klopfte sich den Dreck von der Kleidung und suchte seinen Hausschlüssel. In der Wohnung angekommen, kochte er einen ganzen Topf voller Milchreis und schlang zwei riesige Schüsseln davon auf der Stelle hinunter. So einen Hunger hatte er ewig nicht gehabt. Zufrieden fiel er auf seinen Lieblingssessel, und noch während er sich eine Pfeife stopfen wollte, da schlief er auch schon ein.

Doch der heilige Schlaf sollte nicht lange währen. Nur wenige Minuten später klingelte es ganz laut. Herr Fa-

ber erhob sich gemächlich von seinem Sessel, schlurf-
te im Halbschlaf zur Haustüre und öffnete sie.

„Überraschung!"

Das gibt es doch nicht. Da stand doch tatsächlich
seine geliebte Enkelin Marie mitsamt zwei großen
Reisetaschen und fiel ihm stürmisch um den Hals.

„Opa, du hast mir gefehlt!"

Herr Faber grinste über beide Ohren. „Wie schön
dich zu sehen! Was verschafft mir die Ehre?"

„Nur eine plötzliche Eingebung! Ich habe endlich
mal ein freies Wochenende und war in der Nähe. Da
dachte ich, ich könnte mich doch einfach mal in den
Zug setzen. Leider kann ich nicht lange bleiben, aber
wir haben uns so lange nicht gesehen."

„Und wie bist du vom Bahnhof hierhin gekommen?"

„Nun, eigentlich wollte ich einen Bus nehmen, aber
dann kam eine freundliche ältere Dame mit einem
klapprigen Schrottmobil und hat mich mitgenommen.
Kennst du eine gewisse Bertha Blechbüchse?"

Herr Faber lächelte. „Ach, die gute Bertha. Natürlich
kenne ich sie. Aber komm doch erst mal herein. Ich hoffe, du hast Hunger mitgebracht. Magst du Milchreis?"

Er goss eine Kanne Pfefferminztee auf und machte
sich kurz darauf auf den Weg nach oben, um das Gäs-
tezimmer in der Dachstube herzurichten. Da blieb er
plötzlich wie vom Blitz getroffen stehen.

„Moment mal, das kann doch gar nicht wahr sein!", murmelte er in sich hinein. In diesem Augenblick fiel es ihm wie Schuppen vor die Augen. „Der wird doch nicht etwa …"

Im Sauseschritt rannte er die Treppen hinunter zum Hauseingang, riss die Türe auf und blickte in seinen Vorgarten.

„Das kann doch nicht wahr sein! Er kann doch nicht …"

Doch tatsächlich, der Kran war fort. Wie vom Erdboden verschluckt. Die Wiese strahlte im hellsten Grün, die Blumen reckten ihre Köpfe nach oben und auch sein Fliederbusch erblühte in voller Pracht. Nichts deutete mehr auf die einstigen Spuren der Verwüstung hin. Als wäre all das niemals passiert.

„Das gibt es doch gar nicht!" sagte Herr Faber. „Ich werde mir das doch nicht eingebildet haben!"

Da stand auch schon Marie neben ihm.

„Was ist denn? Suchst du etwas?"

„Nein, schon gut. Ich dachte bloß, da wäre ein Kran."

„Ein Kran?"

„Äh, ein Kranich. Ein gelber Kranich! Faszinierend. Die habe ich hier noch nie gesehen."

KUBILAY KUGELKOPF

Und wie Herr Faber und Marie kurze Zeit später im Garten standen, da sahen sie plötzlich den Nachbarn vom Haus gegenüber – Kubilay Kugelkopf. Herr Faber bedauerte ein wenig, dass die beiden nicht viel mehr Zeit miteinander verbrachten. Da wohnten sie so nah beieinander, lebten beide alleine, waren etwa im selben Alter, hatten vermutlich noch viel mehr gemeinsam, und doch gab es immer eine gewisse Distanz zwischen ihnen. Ein paar flüchtige Worte und kurze Gespräche über den Gartenzaun, manchmal ein stummes Nicken, mehr war es eigentlich nie.

Kubilay Kugelkopf war ein sehr höflicher und vornehmer Mensch. Immer wenn man ihm beim Kehren der Einfahrt oder bei der Gartenarbeit begegnete, dann grüßte er freundlich und machte eine leichte Verbeugung. Lustig war, dass dabei stets seine Baskenmütze auf den Boden fiel. Dann schämte er sich, denn Kubilay Kugelkopf war ein wenig eitel und hatte nur noch ein einziges Haar auf dem Kopf. Es wehrte sich mit letzter Kraft gegen die Spuren des Alters und verharrte seit langer Zeit auf dem Haupt. Es schien ein besonders stolzes Haar zu sein. Und so streckte es sich wie ein Grashalm der Sonne entgegen.

Als Herr Faber ihm freundlich zuwinkte, da blickte Kubilay Kugelkopf traurig drein und schaute verlegen auf den Boden. Er grüßte nicht mal.

Herr Faber ging über die Straße. Der gute Mann sah wirklich bedrückt aus. „Herr Kugelkopf, seien Sie gegrüßt. Was ist denn los mit Ihnen? Geht es Ihnen nicht gut?"

„Ach, Herr Faber! Lassen Sie mich doch bitte in Ruhe."

Obwohl er scheinbar keine Lust auf ein Gespräch hatte, verbeugte er sich gewohnheitsgemäß. Als die Schirmmütze auf den Boden purzelte, sah Herr Faber, warum Herr Kugelkopf so traurig war. Sein einziges Haar war verschwunden. Hartnäckig hat es über all die Jahre dem Fortgang getrotzt, doch nun war es weg.

Und dann sagte Herr Kugelkopf: „Nun, jetzt wissen Sie um mein Geheimnis. Ich bin in Wahrheit sehr alt."

„Ach, mein Guter. Jetzt setzen Sie sich doch erst einmal hin und atmen Sie durch. Das ist doch etwas völlig Natürliches und sollte Sie nicht besorgen. Ihnen geht es doch gut. Sie sind gesund, bei klarem Verstand und können täglich Ihre Spaziergänge machen. Das ist durchaus nicht selbstverständlich. Wen kümmert da schon das eine Haar?"

Herr Faber klopfte ihm tröstend auf die Schulter. „Außerdem haben Sie doch noch Ihren Schnauzbart."

„Ach, Sie haben ja keine Ahnung", sagte Herr Kugelkopf. „Das war mein Glückshaar. Schon als junger Mann habe ich all meine Haare verloren. Nur dieses eine blieb mir fortwährend erhalten. Und um es zu schützen, habe ich die Mütze getragen. Außerdem habe ich mich etwas geschämt, da mein Kopf so rund ist. Wissen Sie, Mützen können so etwas sehr gut kaschieren, strecken sie das Gesicht optisch doch ein wenig in die Länge."

Jetzt, wo Herr Kugelkopf das so sagte, merkte Herr Faber es auch. Ein Gesicht wie ein riesiger Vollmond. Da fiel ihm ein, was man sich vor vielen Jahren im Dorf über den sonderbaren Kubilay Kugelkopf erzählt hatte. Es hieß, er sei ein Gelehrter und hätte nahezu alle wichtigen Bücher dieser Welt gelesen. Vor einigen Jahren sei er ein angesehener Professor und Wissenschaftler in einer fernen, großen Stadt gewesen, aber irgendwann hätte er sich entschieden, aufs Land zurückzukehren, um ein Leben in Abgeschiedenheit zu führen und endlich Ruhe zu finden. Wäre er mal besser in der großen Stadt geblieben, dachte Herr Faber. Hier auf dem Dorf ist es manchmal wesentlich schwieriger mit der Ruhe, weil jeder jeden kennt und die Menschen wahnsinnig viel tratschen und plaudern. Es hieß, der Herr Professor habe so einen riesigen Kopf, da er so viele kluge Gedanken in sich trage und Platz für seine Ideen brauche. Das gesammelte Wissen aller Bücher dieser Welt erfordere schließlich viel Raum.

Ach, was die Leute sich nicht alles erzählen.

„Wissen Sie", sagte Kubilay Kugelkopf, „wenn ich diese Mütze auch noch verliere – und ich habe große Angst vor diesem Tag –, dann weiß ich wirklich nicht, was ich noch tun soll. Sogar mit der Gießkanne und Pflanzendünger habe ich es versucht, aber es kommt einfach nicht wieder. Ach, wenn ich doch bloß mein geliebtes Glückshaar wiederfinden würde." Kopfschüttelnd und resigniert verschwand Kubilay Kugelkopf in seinem Haus.

WER WEIß DAS DENN SCHON?

Am frühen Abend saß Herr Faber in der Küche, schälte Zwiebeln und hörte Musik im Radio. Im Nebenzimmer saß seine Enkelin, telefonierte mit ihren Freundinnen und zwischendurch konnte er sie lachen hören. Sie wirkt sehr glücklich, dachte er und freute sich darüber. Wenig später stand Marie vor ihm. „Komm schon, Opa. Wir gehen eine Runde spazieren. Ich war so lange nicht mehr hier."

Obwohl Herr Faber noch immer unfassbar müde war, konnte er seiner Enkelin niemals einen Wunsch ausschlagen. Und so zogen die beiden los, schlenderten gemütlich durch das beschauliche Dorf und erzählten sich Geschichten. Marie erzählte von Frankreich, dem Klang der Sprache und dem bezaubernden Duft der Ferne. Herr Faber erzählte von seinem Vorgarten, dem Klang seines Rasenmähers und dem Duft seiner Kräuter und Himbeersträucher. Eigentlich hätte er noch viel mehr zu erzählen gehabt, aber das wollte er vorerst für sich behalten, schien ihm diese ganze Geschichte mit dem Kran doch selbst nicht ganz geheuer. Irgendwann erreichten sie den alten Marktplatz. Die Sonne strahlte und die Menschen tummelten sich auf den Stühlen eines kleinen Cafés. Vor seiner kleinen Schusterei stand Albert Albrecht und schleckte zufrieden ein Pistazieneis.

„Herr Faber, wie schön, Sie zu sehen! Wo waren Sie die ganze Zeit? Ich habe Sie ja schon bestimmt zwei Monate nicht mehr gesehen."

„Ich war ..."

Herr Faber überlegte.

„Ich war auf Usedom."

„Auf Usedom? Ganz alleine?"

„Natürlich ganz alleine. Ich wollte mal wieder ans Meer. Die Luft dort ist so wunderschön klar. Und im Herbst kann man dort die Kraniche sehen."

„Ja, das stimmt. Man hört viel Gutes über die Ostsee. Warum starren Sie denn so auf meine Schuhe?"

„Ach, nur so. Das Leder gefällt mir. Tragen Sie immer zwei Schuhe?"

„Warum fragen Sie?"

„Ach, nur so. Machen Sie es gut. Wir müssen mal weiter ..."

Herr Faber schien ein wenig Angst vor der Antwort zu haben, nahm Marie am Arm, und in Windeseile zogen die beiden weiter. Wie sie so in aller

Ruhe durch den Ort schlenderten, da sah Herr Faber noch ganz viele weitere Menschen, die ihm vertrauter als jemals zuvor schienen. Durch die Scheiben der Konditorei konnte er Zusa Zuckerguss erkennen. Sie winkte ihm zu und wirkte dabei trotz der Hitze vollkommen ungeschmolzen.

Sie gingen einige Schritte weiter und plötzlich sah er Rupert Rumpel. Der war gerade dabei, mit seinem Abschleppwagen einen anderen Abschleppwagen aufzuladen. Sachen gibt's. Auf der linken Wagenseite konnte Herr Faber einen Schriftzug erkennen: *Abschleppunternehmen Gisbert Gramgries.* Scheinbar hatte dieser eine Arbeit gefunden und einfach seine eigene Firma gegründet. Aber ob es wirklich zwei Abschleppunternehmen in dem kleinen Ort brauchte? Diebisch grinste Herr Faber und zwinkerte seiner Enkelin zu. „Das geschieht ihm recht, dem alten Nörgler."

„Ja, das stimmt. Der war schon früher so garstig. Jetzt muss Herr Rumpel auf dem Rückweg bloß aufpassen, dass er seinen Abschleppwagen mit dem abgeschleppten Abschleppwagen nicht im Halteverbot parkt. Aus der Spirale würde er niemals wieder rauskommen!"

Die beiden lachten und machten sich schließlich auf dem Heimweg.

Nach einiger Zeit erreichten sie Herrn Fabers Siedlung. Von Weitem konnte man sein Haus bereits erkennen. Plötzlich blieb er stehen und seufzte. „Marie, darf ich dich etwas fragen?"

„Natürlich. Was ist denn?"

„Nun, wie soll ich das erklären? Vielleicht erscheint es dir noch zu fern. Aber nur mal angenommen, du wärst in meinem Alter. Stell dir vor, du hattest eine Arbeit, die dich jahrelang erfüllte und dir ein Gefühl von Stolz schenkte. Und diese Arbeit ist dann irgendwann nicht mehr da. Stell dir dann vor, du hast jemanden sehr geliebt, aber dieser jemand ist dann plötzlich auch nicht mehr da. Du lebst nun alleine in deinem Haus, mit den Jahren überwindest du deine Trauer und beginnst, diese Leere zu füllen. Du lernst liebe Menschen kennen, gehst deinen täglichen Gewohnheiten nach ..."

„Wie etwa der Gartenarbeit?"

„Kann sein. Das spielt aber gar keine Rolle. Bleiben wir im Bild: Du bist eigentlich recht zufrieden und gehst den erwähnten Gewohnheiten nach. Zudem liest du Bücher, achtest auf dich, gehst mit deinen Freunden ins Restaurant oder spielst Karten. Du gibst dir Mühe, dein Leben so lebenswert wie möglich zu gestalten. Aber etwas sehr Bedeutendes würde in deinem Leben fehlen. Wie gesagt: Nur mal angenommen!"

„Was ist denn jetzt die Frage?"

„Ach, das weiß ich eigentlich gar nicht genau. Ich bin jedenfalls sehr glücklich, dass du hier bist."

„Ich doch auch, Opa! Also, nur mal angenommen, ich wäre in deinem Alter. Ich würde in einem Haus wohnen, wie etwa dem dort hinten mit dem Fliederbusch im Garten. Ich würde gerne Milchreis essen und mehrmals täglich den Rasen stutzen. Ich hätte eine Enkelin, die in Frankreich wohnt und mich leider nicht so häufig besuchen kommt, weil sie eine treulose Tomate ist und sie mit ihrem Leben manchmal ein bisschen überfordert scheint. Also nur mal angenommen ... Und diese Enkelin wäre so leichtsinnig, den ganzen weiten Weg vom Bahnhof auf einem wackeligen Schrottwagenanhänger zurückzulegen. Und dann würde mir diese Enkelin von einer gewissen Bertha Blechbüchse erzählen und sie würde sehen, wie alleine bei der Erwähnung ihres Namens meine Augen funkeln, während ich wie ein Honigkuchenpferd strahle, und dann würde diese Enkelin zufällig die ersten Zeilen in einem Brief lesen, in dem viele liebe Worte über diese scheinbar sehr bezaubernde Bertha stehen ..."

„Du hast den Brief gefunden?"

„Er war nicht sonderlich gut versteckt."

„Wo lag er denn?"

„Auf dem Küchentisch. Es tut mir leid. Ich wollte ihn nicht lesen, aber ..."

„Du brauchst dich nicht zu entschuldigen."

„Wie lange liegt er schon dort?"

„Ach, das willst du nicht wissen. Viele Monate. Ich schaffe es einfach nicht."

„Nun, jedenfalls würde ich diesen Brief abschicken! Also angenommen, ich wäre *du*. Und dann würde ich mich nicht wie ein schlechter Mensch fühlen, der die Ehre einer Frau beschmutzt, die seit vielen Jahren nicht mehr bei ihm ist, und die zudem niemals gewollt hätte, dass die größte Liebe ihres Lebens ihr bis ans Ende seiner Tage einsam und unglücklich nachtrauert."

„Meinst du wirklich?"

Die beiden redeten noch bis tief in die Nacht. Sie sprachen über das Sterben, das Alter und die Würde. Sie sprachen über die Zuversicht und das Glück. Über die Liebe, das Erinnern, das Trauern und das Loslassen. Über das Verschwinden, das Vermissen und das Wiederfinden. Und darüber, dass man sich auf einer ewigen Suche auch selbst verlieren kann. Sie erzählten, bis es irgendwann hell draußen wurde. Marie war inzwischen eingeschlafen. Herr Faber nahm den Brief und faltete ihn sorgfältig zusammen. Dann schrieb er in schönster Handschrift eine Adresse auf einen Umschlag. Erschöpft fiel er danach ins Bett und schlief ebenfalls ein. Und als er am Abend aufwachte, war Marie verschwunden. Auf dem Tisch lag ein Zettel:

Bis bald! Ich bin stolz auf dich.

Er ging ins Badezimmer und blickte in den Spiegel. Sein dichtes Haar stand erneut in alle Richtungen ab.

„Ich alter Zottelzaus!", murmelte er. „So viele Haare für so wenig Mensch!"

Und wie er zum Kamm griff, kam ihm plötzlich eine Idee. Dass ihm das nicht gleich eingefallen war! Womöglich braucht es gar keinen Kran, um den Menschen hin und wieder einen Gefallen zu tun. Er nahm eine Schere aus dem Schrank und schnitt sich ein weißgraues Haarbüschel ab. Dann ging er ins Wohnzimmer und schrieb einen zweiten Namen auf einen anderen Umschlag. Er verließ das Haus, ging einige Schritte und warf zwei Briefe in den Postkasten.

Nun, vielleicht wird Bertha Blechbüchse schon am nächsten Tag den Brief lesen und wüsste nach Monaten der Ungewissheit, dass Herr Faber bereit wäre, sie näher an sich heranzulassen – dass er versuchen würde, das Glück, das er während ihrer Zweisamkeit empfindet, endlich anzunehmen. Womöglich hat sie gewartet. Sie wird zu ihm fahren, ihn einsammeln und dann werden sie auf ihrem Schrottmobil viele neue Abenteuer erleben.

Und vielleicht wird ein gewisser Kubilay Kugelkopf schon morgen mit einem weißen Strähnchen auf dem stolzen Haupt durch die Gassen spazieren und dabei etwas nach Bastelkleber riechen. Das könnte doch ein schöner Schluss sein.

Aber vielleicht wäre Herr Faber auch nicht Herr Faber, wenn er die Umschläge nicht versehentlich vertauscht hätte. Und so bleiben für Bertha Blechbüchse und den verwirrten Kubilay Kugelkopf, der sich von den lieben Worten durchaus geschmeichelt fühlte, am Ende viele offene Fragen.

Aber wer weiß das denn schon? Bestimmt wird alles gut. Herr Faber betrachtet seinen blühenden Garten.

Kein Kran, nirgends.